Impressum:

© 2016 Dieter Weiß
Herstellung und Verlag:
BoD – Books on Demand, Norderstedt

ISBN: 9783741241567

Dieter Weiß

Von Frankfurt nach Galizien

Humorvolle Erzählungen eines Ahnenforschers

Nach wahren Begebenheiten und was hätte sein können...

Vorwort

An und für sich wollte ich nie einen Roman oder etwas Ähnliches schreiben, aber Sabine, eine gute Freundin von mir sagte, ich hätte irgendwie Talent. Ich hatte ihr ein humorvolles Mail über meine Ahnenforschung geschrieben und sie war so begeistert, dass sie bei mir anrief und sagte, ich sollte es doch mal versuchen. Also überlegte ich kurz und fing an.

In meiner Erzählung kann man davon ausgehen, dass die historischen Daten und Fakten weitgehend stimmen, da sie identisch mit meiner eigenen Ahnenforschung sind. Manche der erzählten Geschichten sind wahr, andere sind frei erfunden.....

Einführung

Alles fing damit an, dass mein Vater Otto gestorben war und ich bei den hinterlassenen Dokumenten einen Auszug aus dem Trauregister von 1936 fand. Irgendjemand von unseren Freunden sagte, das ist ja ein Ariernachweis. Und genau so war es. Bisher hatte ich mich nicht die Bohne über die Herkunft meiner Familie interessiert, aber nun war ich neugierig. Auch deshalb, weil unser Familienname *Weiß* lautet und irgendjemand sagte, dass dies ein jüdischer Name sei. Dem wollte ich nun nachgehen.
Nach erstem googeln stellte sich gleich heraus, dass der Name *Weiss* (das ß wird nicht immer verwand) für „der blonde Mann oder Mann mit weißem Haar" stand. So viel dazu.
Aber egal, nun wollte ich wissen, wo ich und meine Familie herstammten.
Da ich aus Frankfurt komme, trabte ich sogleich zu unserem Stadtarchiv, welches in einem alten Kloster untergebracht ist und

fand heraus, dass die väterliche Linie aus der Gegend um Idar-Oberstein in der Eifel und mütterlicherseits aus dem Berner Gebiet der Schweiz kam. Beide Recherchen gingen so bis ins Jahr 1600.

Nun war ich ja seit Kurzem in Rente und hatte viel Zeit. So fasste ich den verhängnisvollen Plan, eine Familienchronik zu erstellen.
Ich hatte herausgefunden, dass mein Ur-Ur-Ur... also der 7. Ur-Ahn Georg-Wilhelm Weiß aus Hennweiler in der Pfalz 1772 nach Galizien auswanderte. Erst dachte ich, super, da kann ich ja mal in Spanien recherchieren. Aber es handelte sich um das Galizien, das heute zwischen Polen und der Ukraine verläuft, übrigens damals ein Königreich.
Der damalige österreichische Kaiser Josef, dem Galizien gehörte, hatte Wind davon bekommen, dass die Bauern aus der Ukraine nix Produktives auf die Reihe brachten und so warb er Gastarbeiter aus der Pfalz an. Die dortigen Bauern hatten durch die immer andauernden Kriege mit Frankreich auch nix

zum Beißen und so sollten sie den Ukrainern zeigen, was Sache ist. Gesagt, getan! Georg-Wilhelm war mit von der Partie. Er meldete sich in Wien bei der dortigen Registratur unter der Vorgangsnummer Pass II 220 an...

----- 1 -----

Nun hatte ich nach schwerwiegenden Recherchen und diversen Schmiergeldern an die West-Ukrainisch genealogische Ahnenmafia Sensationelles herausgefunden: Georg-Wilhelm war ein Teufelskerl und ging nämlich nach seiner Registrierung in Wien zurück nach Hennweiler, wo ein versprengter Halbbruder mütterlicherseits in Niederwörresbach – Ost, zu dem er ein freundschaftliches Verhältnis pflegte, mehr schlecht als recht mit seinen 6 Kindern in einer wackeligen Scheune bei seiner üblen Schwiegermutter halb versklavt hauste. Das

Gute daran war, dass dieser auch Georg-Wilhelm Weiß hieß und so hatte Georg-Wilhelm seinem Halbbruder (er hatte übrigens eine schwere Kindheit hinter sich) seine Einreisepapiere geschenkt. Er selber ließ sich im darauffolgenden Jahr neue ausstellen und gab sich seinerseits als versprengter Halbbruder aus. Ergo, nix Außergewöhnliches zu dieser Zeit, er wollte nur nach Galizien und dort den Hof mit aufbauen. Beide ließen sich in dem ukrainischen Provinzstädtchen Getzkjkouzt nieder. Da dies aber keiner aussprechen konnte, hatten die Umsiedler das Dorf in Hennweiler-Uk umbenannt (Uk für Ukraine). So weit, so gut. In der nächsten Generation heiratete der am 1. April geborene Sohn Willi des Georg-Wilhelm, sagen wir der Einfachheit halber Georg-Wilhelm I., die einheimische West-Ukrainerin Ludmilla Molotow. Aus Verschleierungsgründen, da ihm die kaiserlich-österreichische Umsiedlungsbehörde mittlerweile auf die Schliche gekommen war, nahm Willi den Namen Molotow an. Noch heute gibt es viele Molotows in Hennweiler-Uk. Auskünfte sind leider noch nicht zu bekommen, da die Familie jetzt orthodox ist, und wenn man nicht mindestens zehn Ikonen rüberschiebt, läuft da nix mit der Auskunft. Mal sehen. Georg Wilhelm der II. ging nach einer Missernte und einer unglücklichen Liebe in seine Heimat zurück und landete auf Umwegen wieder in Niederwörresbach, wo er sich als Beamter in der hiesigen Verbandsgemeinde Herrstein um die Umrechnung der neuen Zeitrechnung kümmern musste, welche die Französischen Revolutionstruppen eingeführt hatten. Zum besseren Verständnis: 1 Tag hatte damals 10 Stunden, 1 Stunde 100 Minuten, 1 Minute 100 Sekunden. Dass ihm dies nicht gelang, war klar, er hatte ja nur Bauer gelernt. Nachdem er die Registratur durcheinandergewirbelt hatte, lobten sie ihn nach Unterhosenbach zu dem dortigen Pfarrer als Gehilfe weg - deshalb sind dort auch keine Aufzeichnungen mehr vorhanden. Er heiratete die bescheuerte Lisette Dumm und hatte 7 Kinder mit ihr – die Winter waren lang. Einer war ein Sohn, logischerweise hieß auch er Georg-Wilhelm, einfach nur der III. genannt. Geburtsdaten sind unbekannt, da die Registratur noch nicht auf Vordermann war. Dieser bekam dann am 17. Juli, mittlerweile wieder gregorianischen Kalenders, 1822 einen Sohn namens Nickel-Nickel Weiß. Nickel-Nickel nun hielt es nicht in seiner Heimat und ihn verschlug es nach (man sollte es nicht glauben) Galizien. Aber diesmal das spanische, wo er als Dudelsackbauer arbeitete. Da er aber die spanischen Tapas nur schwer vertrug, reiste er in die englische Provinz Brighton, wo er am 22. Dezember 1855 die Lady Headstone (ihr Ur-Ur-Ur Großvater war der Erfinder des Kopfsteinpflasters) ehelichte.

Sie war in 12. Dynastie Betreiberin einer Dudelsackmanufaktur, welches ihren Sitz in den Highlands hatte.

Die weiteren Recherchen haben nun ergeben, dass Nickel-Nickel Weiß den Namen Headstone aus materiellen Gründen annahm und dann so ein bisschen wie ein verkappter Earl auf einem Landsitz in Midsummer seine Tage gut verlebte, bis seine Sugarlady, wie er sie nannte, den glorreichen Gedanken fasste, ein Picknick bei Dartmoor zu machen, wo sie prompt der Hund von Blackwood Castle in ihren Allerwertesten biss. Leider hatte der seinen Zahnarzttermin verpasst und die gute verstarb an einer sehr seltenen Blackwoodcastle-Bissinfektion.

Da es Nickel-Nickel nun in Midsummer zu langweilig wurde, wollte er die Geschäfte in den Highlands ankurbeln und kaufte sich umgehend einen Kilt, was er aber besser nicht gemacht hätte. Nachdem er sich untenrum übelst erkältete hatte und das Dudelsackgeschäft ihm tierisch auf denselben ging, verkaufte er den Laden und nahm wieder seinen Namen „Weiss" an, aber diesmal mit *ss* statt *ß*, da die Briten immer sonst Weib zu ihm sagten, da sie ein „ß" nicht in ihrem Wortschatz hatten. Und das stank ihm gewaltig.

Er hatte nun Freundschaft mit dem Vorarbeiter Mc-Geyver geschlossen, und der hatte einen Vetter in Panama, wo man gerade an dem Kanal baute. Nickel-Nickel hatte jetzt ja Kohle und kaufte sich in das Kanalgeschäft ein. Nun lag er die meiste Zeit unter Palmen und schaute auf das arbeitende

Volk.

Bei dieser Tätigkeit traf ihn eine stattliche Kokosnuss nach dem Motto: „Wenn nachts dann die Kokosnuss fällt, siehst du die Sterne nicht nur am Himmelszelt." Es erschien ihm als schlechtes Omen und er entschloss sich, alles zu verkaufen und ging wieder in seine alte Heimat Hennweiler zurück. Dort kommandierte seine bescheuerte Mutter Lisette ihren mittlerweile 4. Ehemann (die 3 davor waren aus unerfindlichen Gründen auf dem Friedhof gelandet) herum.

Seine 6 Geschwister waren nun allesamt nach Hennweiler-Uk weggezogen. Mittlerweile war wegen des großen Interesses sogar im Nachbarort Winnweiler, was damals als Pfälzer Ortschaft zu Vorderösterreich gehörte, eine Anwerbestelle für die Ausreise nach Galizien geschaffen worden. Kurzerhand meldete er sich dort und kaufte sich eine Bahnkarte nach Wien.

In Hennweiler-Uk angekommen, musste er feststellen, dass die hiesige Acker-Mafia alles unter Kontrolle gebracht hatte und seine 6 Geschwister nun als Sklaven arbeiteten.

Äußerst unwirsch ließ er seinen doch etwas rustikalen Freund Mc-Geyver mit seiner Dudelsackmannschaft anreisen und mischte dann das Gesockse mächtig auf. Nachdem er sich zum Bürgermeister ernannt hatte, wies er die ganze Bande nach Hennweiler zu seiner dummen Mutter Lisette aus. Seitdem fehlt allerdings jeglicher Nachweis der ehemaligen Hennweiler-Uk Bürger.
Nun verstarb Nickel-Nickel und mit ihm verschwand auch der Name Weiss von der Bildfläche, da seine Geschwister allesamt nun Molotow hießen. Der Sohn der Schwester Nickel-Nickels, Brunhilde (kurz Bruni genannt), gebar einen Sohn namens Wjeitscheslaw.
Er sollte später mal als Stalins rechte Hand den Molotowcocktail erfinden.

Da nun hier meine Recherche endet, musste ich selber etwas tun.
Man sieht durch den wirklich nur knapp wiedergegeben Sachverhalt, wie kompliziert die Ahnenrecherche ist, und ich möchte nun zur ersten Geschichte kommen.

2

So weit, so gut. Der Zufall wollte es und ich machte einen Umzug von meinem Freund Michael mit. Beim Schränke tragen erzählte ich ihm die Geschichte und sagte, dass ich am liebsten in die Ukraine fahren würde, um dort weiter zu recherchieren. Ich muss dazusagen, dass ich vorher schon in der Schweiz war und den ganzen Hunsrück nach Daten umgepflügt hatte. Michael fand das super interessant und sagte, dass Boris, ein netter Ukrainer, der ihm bei diversen Umbauarbeiten immer hilft, einmal im Monat in seine Heimat fährt. Er hat ein eigenes Ein-Mann-Fuhrunternehmen und einen großen Laster.

Ich plauderte daraufhin mit Boris und es stellte sich heraus, dass er im Nachbarort von Hennweiler-Uk zu Hause war.

Was für ein Hammer!

Nun war ich Feuer und Flamme und fasste den Plan, mit ihm in die Ukraine zu fahren um Nachforschungen für meine

Familienchronik anzustellen.
Ich besprach das mit meiner Frau Anne (die Beste aller) und die erklärte mich für total durchgeknallt. Da sie mich aber mit aller Hingabe bei der Ahnenforschung begleitet hatte, willigte sie ein. So fuhr ich mit doch etwas mulmigem Gefühl mit Boris, übrigens ein Bär von einem Mann, los.

Wir wollten einen Monat bleiben, das war der Turnus von Boris bis er wieder nach Frankfurt kam. Es war Juni und die beste Reisezeit, die man sich wünschen konnte. Also los gings.
Unterwegs erklärte mir Boris, woher die Ukraine ihren Namen bekam. Ukra heißt „am Rande", also an der Grenze, ergo Grenzland. Aber das weiß keiner mehr so genau, ist mir aber auch egal.
An die Grenze zu Polen wollte ich sowieso, denn da liegt mein Ziel: Hennweiler-Uk. Ab hier begann die Moskauer Zeitrechnung.
Nach zwei Tagen kamen wir nachmittags im Städtchen Truskavets an, was keine Sau aussprechen kann, und ich überlegte mir schon, ob ich das Nest kurzerhand umtaufen

könnte...

Boris hatte Ludmilla aus Weissrussland geheiratet und mit ihr ein kleines Hotel am Laufen. Ludmilla wurde von Boris liebevoll Mamutschka genannt und nach ein, zwei Wodkas (was sonst) gings zum Abendessen. Es gab, wie kanns auch anders sein... Bortsch. Mamutschka hatte nen Topf für uns und ihre zwei Töchter auf den Tisch gestellt. Nach weiteren drei oder vier Wodkas gingen wir ins Bett und ich wollte schlafen. Leider kam es dazu nicht. Ich lag friedlich da, als es einen großen Knall tat und in der Mitte meines Zimmers war auf einmal ein großes Loch. Ich stand auf und schaute durch das Loch ins Erdgeschoss. Unten stand Boris mit dem Putz auf dem Kopf und fluchte irgendwas Ukrainisches. Neben dran lag Mamutschka und schimpfte laut.
Sie war mit einer gefütterten Handschelle an eine selbstgebastelte Liebesschaukel gefesselt, die aus der Verankerung in der Decke gerissen war und jetzt auf dem Boden lag. Ich sah in die Decke und es war klar: Boris hatte nur 10er Dübel genommen und

bei seinen 110 Kilo plus Mamutschka wars dann aus mit der Erotik.

Mamutschka verschwand sofort unter großem Gezeter samt der Beate-Uhse-Gedächtnisschaukel. Boris zog sich was über und kam in den 1. Stock in mein Zimmer und legte wortlos eine Holzplatte über das Loch.

Am nächsten Morgen mussten wir uns selber das Frühstück machen, aber Boris konnte wieder lachen. Er zwinkerte mir mit einem Auge zu und sagte, dass Mamutschka die ganze Nacht unwirsch war und sich angekettet mit der Liebesschaukel im Schlafzimmer eingeschlossen hatte. Er hat sie nun mit der Knollepetz (große Zange) befreit und bis heute Abend ist alles vergessen. Die Liebesschaukel hat er zum Feuer anmachen für den Kohleherd benutzt. Nun wollte ich natürlich gleich zum zuständigen Amt in Hennweiler-Uk.

Boris hatte keine Zeit, dafür aber Nina, seine Adoptivtochter. Sie stammt aus 3. Ehe seines Bruders Michail und spricht sehr gut Deutsch. Nina war 22 Jahre alt und hatte in Berlin ein paar Semester Was-Weiss-Ich studiert und sah mit ihrem geflochtenen

Timoschenko - Zopf sehr apart aus. Also machten wir zwei uns auf den Weg.
Nun hatte ich mir Hennweiler-Uk genauso als verschlafenes Nest wie das 300 Seelen Dorf im Hunsrück vorgestellt. Was für ein fataler Irrtum! Mittlerweile war das an der direkten polnisch-ukrainischen Grenze verlaufende Hennweiler-Uk ein ausgewachsenes Schmugglernest geworden. Es führte eine Hauptstraße durch den großen Ort und davor lagen sämtliche geklauten deutschen Autos auf mindestens 10 Autofriedhöfen verteilt. Gleich dahinter das beleuchtete Logo von McDonalds mit dem gelben M. Nur diesmal mit zwei großen M`s. Wie sich herausstellte, hatte Michail Molotow (ein entfernter Verwandter von mir) die M´s auf einer Autobahnraststätte in Bottrop-Süd abgeschraubt und fand es super, jetzt in Hennweiler-Uk Hamburger zu verkaufen. Da wir Hunger hatten, gingen wir hinein und bestellten einen Russkiburger, ein etwas rustikaler Ahnensnack. Dazu hatte Michail den Einfall, aufgrund seines Namens auch Molotow-Cocktails anzubieten. Und da wir ihm unsere Geschichte erzählt hatten und

wir (so, wie er sagte, nun Brüder waren) gab er uns drei von diesen Molotow-Cocktails aus. Als Accessoire schwamm in dem Gebräu eine Dynamitstange und beim Servieren wurde darin eine Wunderkerze angezündet. Zur Explosion kams dann später. Nach dem 3. Glas gingen bei mir die Lichter aus. Nina lag da schon regungslos auf dem Boden. Der Tag war gelaufen...

----- 3 -----

Am nächsten Morgen im Standesamt Hennweiler-Uk angekommen, ließen uns die Beamten abblitzen.

Ohne Papiere von der Hauptbehörde in Minsk geht mal gar nix, brabbelte der ukrainische Unflat hinter seinem Fensterchen. Wir fuhren zurück und da ich nichts anderes zu tun hatte, bat mich Boris seine andere Tochter Alexandra von der Schule abzuholen. Was ich auch tat. Vor der Schule sah ich, wie ein junger Mann irgendwelchen Stoff verhökerte. Und mir fiel das Nummernschild auf seinem Mofa auf. Es war MTK 0810. Das war mir leicht zu merken, weil MTK bei uns zu Hause Maintaunuskreis heißt und ich im 10. Monat am 8. Tag geboren wurde.

Der junge Mann sah mich und haute ab. Dies sagte ich Boris, der sich aufregte und gleich seinen Vetter Vladimir von der hiesigen Polizei anrief. Es war das erste Mal, dass in dem ländlichen Ort so was vor der Schule vorkam. Boris teilte ihm die Daten vom Nummernschild mit und sagte zu mir, ich solle mitkommen, sie hätten ihn bald. Wir kamen aus dem Haus, da ritt Boris` Vetter in Uniform an uns vorbei. Ich fragte Boris, warum er auf dem Pferd unterwegs sei, und er sagte nur... Auto kaputt.

Der Dealer war ein Tschetschene und nicht gerade gerne gesehen in Truskavets. Vor unseren Augen knatterte das Mofa vorbei und schier aus dem Nichts kam Boris` Vetter Vladimir und sprang mit dem Pferd vor das Vorderrad des Mofas. Der Halbstarke kippte um und lief zu einer Mauer. Seelenruhig stieg Vladimir vom Pferd und setzte sich zu uns auf die Wiese vor die Mauer, wo der Tschetschene verschwand. Ich fragte Boris, warum sie nicht hinter dem Dealer herliefen. Aber Boris sagte nur: Igor macht das schon. Er legte sich mit seinem Vetter Vladimir ins Gras und hatte alle Zeit der Welt.

Ich hörte daraufhin einen Schrei und lugte über die Mauer. Dort stand Igor und der Tschetschene Aug in Aug. Igor war ein ausgewachsenes Wildschwein und äußerst unwirsch, da er in seiner Mittagsruhe gestört war. Ungünstigerweise war der Tschetschene nicht schnell genug und Igor legte ein paar Übungseinheiten ein. Der Tschetschene, oder besser, was von ihm übrig geblieben war, kroch über die Mauer und legte sich zu uns ins Gras.

Nach einigen Wodkas, die wir gemeinsam auf die erfolgreiche Session tranken, konnte man ihn unter der Zellentüre in U-(ukraine) Haft schieben.

Der Vorfall wurde natürlich überall publik und ich wurde als „kleiner Held" gefeiert, was zur Folge hatte, dass ich an meine Ahnenforschungsdokumente kam. Der Burmister aus dem Ratusa (netterweise haben die Ukrainer aus dem Deutschen die Wörter Bürgermeister und Rathaus übernommen) war praktischerweise auch der Vorgesetzte vom hiesigen Stadtarchiv.

Leider war nur zu recherchieren, dass alles von meinen Vorfahren bei der Kirche aufbewahrt wurde. Ich fuhr mit Nina an den Ortsausgang von Hennweiler-Uk zu einer abgewrackten Kirche. Es war eine Lutherisch-Orthodoxe Gemeinde, die nur in Galizien vorkommt. Irgendwie einzigartig, wie so vieles in dem Land, wo die Zeit in den Ecken zu Staub zerfällt und gleichzeitig eine Aufbruchstimmung herrscht wie in Amerika zu der Gründerzeit.

In der baufälligen Lutherisch-Orthodoxen Kirche nun empfing mich ein stockschwuler Pope und holte die ganzen Unterlagen, die er hatte. Nach tagelangen Recherchen mit Nina kam heraus, dass wir nach dem ehemaligen Wildenthal (der ukrainische Name ist schier nicht auszusprechen) fahren mussten, um etwas Neues in Erfahrung zu bringen. Ich besprach die Lage mit Boris und nach unzähligen Wodkas willigte er ein, dass mich Nina begleitete. Am nächsten Morgen wollten wir losfahren.

----- 4 -----

Nina schwang sich aufs Tschetschenenmoped, das wir vom Bürgermeister großzügiger Weise geschenkt bekamen. Das Nummernschild war ja noch dran. MTK 0810. Wir knatterten bei sengender Sonne über die Felder und überall sahen wir die rotbunten Kühe, die uns hinter den Zäunen neugierig anguckten.
Kurz vor dem Ortseingang von Wildenthal wurden wir beschossen.
Eine Horde von Schulbuben schossen mit selbstgebastelten Zwillen Kastanien auf uns ab. Eine davon donnerte Nina gegen den Kopf, sie verzog den Lenker und wir landeten in einer Sanddüne. Sofort war von den Buben nix mehr zu sehen. Ich lag nun mitten in der Düne und hielt mich an einem Brett fest, das ich unter dem Sand habe greifen können.
Ich hob es heraus und es waren schöne Beschläge drauf zu erkennen. Da ich zu Hause aus alten Dingen Kunst mache, nahm

ich das Brett mit und dachte: das kann ich gut gebrauchen.

Nun schwang ich mich mit Nina und dem Brett unterm Arm wieder aufs Moped und wir knatterten weiter. In Wildenthal angekommen, suchten wir eine Pension, aber dort gabs keine. Nina mischte sich unter die Dorfjugend und es dauerte nicht lange, da durften wir in der Disco übernachten. Leider erst ab halb 5 morgens, und ich musste die ukrainische Volkspopdisco ertragen, was nicht unter 8 Wodkas gelang. Ein gewisser Andreij Tarzan mischte hier die Musik auf. Er hielt auf dem Plattenteller eine LP von ZZ-Top mit den Händen fest, spielte in dieses Gequietsche den Bananasong von Harry Belafonte dazu und mixte noch ein orientalisches Gezetere mit hinein. Der orientalische Teil hörte sich nach einem morgenrufenden Muezzin an, der gerade von der Brüstung gefallen war.

An Schlaf war nicht zu denken und deshalb verschliefen wir den nächsten Vormittag.

Der Beamte auf dem Ämtchen von Wildenthal verwies uns unwirsch, er hätte Feierabend und überhaupt geht ohne die obligatorische Genehmigung aus Minsk mal gar nix.

Glücklicherweise hielt neben dem Junker der Provinz im Standesamt sein intellektueller Halbbruder (oder war es sein Schwager?) seinen Halbschlaf auf einer Holzbank. Er sah das Holzbrett in meiner Hand und erkannte sofort, dass es zu einem lang gesuchten verschollenen Schiff gehörte, das man seit geraumer Zeit hier suchte. Ich erzählte ihm von der Geschichte mit den Lausbuben und er stellte sofort einen örtlichen Suchtrupp auf. Tatsächlich, nach 2 Tagen war das Schiff in den Dünen freigelegt und ich war mal wieder der Held.....Wahnsinn . Das Schiff war vor langer Zeit in einem damaligen See versandet und hatte sogar Goldmünzen an Bord. Wie dem auch sei, sagte ich, ohne die Lausbuben hätte ich das Schiff doch nie gefunden und so meldeten sich auf Umwegen die „Schützen", um auch etwas vom Ruhm abzubekommen. Als Erstes drehte ich ihnen die Ohren rum, danach bauten wir einen Schießstand auf und eröffneten die erste Wildenthaler Zwille-Olympiade......(übrigens heute verschwistert mit den New-Orleans-Floppers).

Ich bekam eine der gefundenen Goldmünzen als Belohnung geschenkt und auch die gewünschten Informationen zu meinen Ahnen. Hierbei kam nun etwas sehr Interessantes zu Tage...

Erstens, dass 1939 Hitler mit Stalin zusammen vereinbarte, alle Deutschen aus Galizien ins Reich zurückzuholen. Irrwitziger Weise unterteilte man die Rückumsiedler in Volksdeutsche, Deutschstämmige, Eingedeutschte und Rückgedeutschte. Zu welchen meine Vorfahren zählten und was aus ihnen wurde, ist nicht mehr zu ermitteln. Die Molotows blieben jedoch undercover weiterhin in den Weiten um Hennweiler-Uk.

Zweitens hatte ich herausgefunden, dass es doch noch ein Geschwisterteil namens Gregor Weiß gab und dieser in eine vermeintlich finstere Burg an der rumänischen Grenze zog.

Der Ort hieß Chotyn und war angeblich nicht weit von Transsylvanien weg.... brrrrrrr.

Wir fuhren wieder zurück zu Boris, um einen Anlauf ins angeblich verrufene Dracula-

Schloss zu machen. Nina freute sich drauf. Boris wollte seine Tochter nicht alleine fahren lassen, also ging er mit.

Er sagte, dass er vorher noch etwas erledigen müsse und winkte mir zu, ich solle ruhig mitkommen. Wir fuhren drei Straßen weiter und statteten seinem Patenkind Jurji einen Besuch ab.

Jurji war 12 Jahre alt und hatte eine unheilbare Krankheit. Irgendwie hing das mit dem Tschernobyl-Unglück zusammen, denn er wuchs am Rande von Kiew auf, das nur 80 km Luftlinie vom Unglücksreaktor entfernt ist.

Nun kann ich gut mit Kindern und hatte sofort einen „Draht" zu Jurji gefunden. Wir plauderten über meine Ahnenforschung und da in Truskavets ohnehin nix Aufregendes passierte, hörte er mir gespannt zu. Nach einiger Zeit fragte ich ihn, ob er einen Wunsch habe, den ich vielleicht erfüllen könnte. Jurji sagte mir, dass sich Boris in meiner Heimatstadt Frankfurt ein Glockengeläut von 50 Glocken angehört hatte und es ein super Erlebnis war. Das wolle er auch mal erleben. Leider war daran nicht zu denken, da Jurji nicht mehr transportfähig war und ich versprach ihm eine CD von dem Konzert zu besorgen. Nachdem wir uns verabschiedet hatten, fragte ich Boris, ob wir so ein Geläut nicht auch in seinem Ort organisieren können. Boris winkte ab. Er hatte auch schon den Gedanken, aber da es so viele verschiedene Konfessionen gibt, die total zerstritten sind, ging das nicht. Daraufhin erzählte ich ihm, dass es bei uns eine Organisation gibt die sich Bärenherz nennt und den letzten Wunsch von todkranken Kindern erfüllt. Kurzerhand gingen wir mit Nina ins nächste Internetcafe und jagten eine Petition an Bärenherz durch das holprige Galizien-Netz. Mal sehen, was rauskommt. Aber jetzt wollten wir ja nach Chotyn fahren und packten unsere Sachen.

----- 5 -----

Boris verschaffte sich noch eine Tour für seinen Lkw, damit es sich auch für ihn lohnen sollte, die Reise anzutreten. Und so gurkten wir mit ner Ladung von 2000 Legehennen über den ukrainischen H(ei)way. Zuvor hatte ich naturalemente mit meiner Frau Anne (die Beste aller) ein ausführliches Gespräch geführt und wieder einmal erklärte sie mich für total neben der Spur. Aber was sollte sie machen... Anne wünschte mir viel Glück und ich wusste, dass sie Bauchschmerzen dabei hatte (da ich ja ihr Liebster bin, vermisste sie mich natürlich auch).
Mittlerweile hatten wir uns schlau gemacht, wohin die Reise ging.
Die Burg, wohin es Gregor Weiß hingezogen hatte, hieß Chotyn-Burg, genauso wie der Ort, und sie hatte ein gewisser Fürst Volodymyr erbaut. Da fragt man sich schon, ob da für Harry Potter abgeschrieben wurde. Zudem liegt der Ort genau am südlichen

Ende der Ukraine, unweit der moldawischen und der rumänischen Grenze an einem Fluss namens Dnister.

Alles sehr unwirklich, zumal der Landstrich früher Bessarabien hieß und einmal dem Osmanischen Reich angehörte.

Gespannt wie ein Flitzebogen waren wir, was uns nun erwartete.

Im jedem Fall musste es eine besondere Burg sein, da sie zu den 7 Weltwundern der Ukraine (was immer das zu bedeuten hat) zählt.

Wir googelten nach einer Unterkunft in Chotyn, aber es gab keine. Das war schon sehr merkwürdig, da die Burg Chotyn sehr oft als Kulisse für russische Blockbuster und Filme wie Ivenhoe, die Drei Musketiere, Robin Hood und Märchen von Andersen genommen wurde. Sogar die Schlacht von La Rochelle wurde hier nachgestellt. Da mussten ja die Besucher in Scharen strömen.

Aber es war keine Herberge zu bekommen. Wir googelten mal wieder und es stellte sich heraus, dass es 50 Kilometer vor unserem Ziel mehrere Unterkünfte in einer etwas größeren Stadt Chernivtsi gab. Also fuhren wir mit unseren 2000 Legehennen nach Chernivtsi, in die Stadt der einstöckigen Häuser. Unser Truck überragte mit seiner Höhe fast alle Gebäude und wir hielten mit dem großem Geschnatter (alles Weibchen halt) vor einem seltsamen Hotel.

Es war ein elend langes Gebäude und bestand auf der einen Seite aus einem Gefängnis und der anderen Seite aus einem Hotel. Ein seltsames Teil. Aber unser Hoteltrakt sah richtig gemütlich aus und wir checkten ein. An der Rezeption sagte man uns, dass das schöne Hotel gegenüber, aus der österreichischen Zeit, leider abgebrannt war. Wir sahen aus dem Fenster und wirklich, es war ein Jammer, was zu sehen war. Es muss einmal ein 5 Sterne-plus Hotel gewesen sein und man munkelt, dass hier sogar der Kaiser von Österreich früher mit Mozartkugeln Billard gespielt haben soll. Und was das Gefängnis nebenan betrifft, so wurde es nach der Bevölkerungsabnahme in Chernivtsi kaum genutzt, so dass man zwei Fliegen mit... na ja, ihr wisst schon. Außerdem kochte man gleich für die Gefangenen mit und hatte so sein

Auskommen. Wir waren gespannt, wie uns das Essen so schmeckt. Boris kümmerte sich unterdessen um Wasser für die Legehennen und gab ne Runde Körner aus, während Nina und ich Quartier bezogen.

Beim Abendessen dann wurde Boris doppelt unwirsch. Erstens war der Ort schon hinter der Slibowitzgrenze und es gab hier keinen Wodka. Fatal für Boris war auch, dass sein heißgeliebter Bortsch hier unsmart ans Osmanische Reich anknüpfte. Dieser war so, sagen wir mal, pikant, dass wenn man einen Hautausschlag hatte, nach dem Verzehr des Bortsch geheilt war oder umgekehrt, je nachdem.

Jedenfalls hatte Boris einen superroten Kopf und jagte einen Slibi nach dem anderen den Hals runter. Nina und ich ließen die Finger vom Bortsch, nachdem wir gesehen hatten, dass das Muster im Teller fast nicht mehr vorhanden war (wer guckt ist eindeutig im Vorteil). Dafür gabs superleckeren Karpatenschinken. Noch bevor wir zum Dessert kamen, tat es ein großes Getöse in der Küche. Ein Häftling aus dem angrenzenden Gefängnis hatte sich ein Loch ausgerechnet in die Küche gestemmt. Hastig kam er an unserem Tisch vorbei und blinzelte uns bestens gelaunt mit einem Auge zu und verschwand flugs durch die Eingangstür. Markanterweise hatte er einen großen Goldzahn ganz vorne (eine Art ukrainischer Vorsorgeversicherung). Unmittelbar danach erschienen zwei Beamte im Gastraum. Der eine hatte eine verschlissene Hose (wahrscheinlich war er in den Bortschtopf reingetreten), der andere Beamte hatte noch einen Schöpflöffel im Hosenumschlag und versuchte klappernd ihn abzuschütteln. Ihnen folgte das Küchenpersonal und alle nahmen die Verfolgung auf. Danach war Ruhe eingekehrt und wir bekamen noch unseren Palatschinken.

Boris sagte noch seinen Legehennen Gute Nacht, ging fluchend in seinen Truck und legte sich zum Schlafen ab. Als er gerade am Eindösen war, gabs auf einmal einen Schlag und tausende von Legehennen fingen an zu gackern. Boris, übrigens noch sichtlich unwirsch wegen dem Abendessen, kletterte aus seinem Laster, um nachzusehen, was los war. Man muss dazusagen, dass er den Truck direkt neben der Hausmauer des Hotels geparkt hatte. Ein amerikanischer Gast hatte sein Fenster geöffnet, um frische Luft zu schnappen. Er blieb beim Aufklappen des Rollladens im Gitter der Hühnermädels hängen, was selbige aus dem Schlaf riss. Mit frischer Luft wurde es nix, denn die Hühnerarmada stank gewaltig. Leider konnte Ben Johnson (so hieß der 80-jährige aus Wyoming) den Rollladen nicht mehr aus dem Gitter zerren und fluchte „Fuck off, what's the matter?" in die Richtung zu Boris.

Der, noch sichtlich geladen, brummte „Chickenwings for McDonalds", nahm den Rollladen, zerrte mit ukrainischer Urgewalt am selben und hielt daraufhin Rollladen samt Fenster in der Hand.

Nun muss man einflechten, dass Ben Johnson schwarz wie die Nacht war und rote (gefärbte), kurz gekräuselte Haare hatte. Vielleicht waren die Hühner ja auch deshalb so erschrocken!!??

Nun war für den Ami die Nacht gelaufen, sein Zimmer kontaminiert und es war das letzte freie.

Boris und Ben Johnson fanden sich in der für beide misslichen Lage vor dem Truck zusammen und Ben Johnson erzählte wie er in diese gottverlassene Gegend kam. Ben Johnson kam aus Sundance, einem kleinen Kaff in Wyoming/USA, wo sie ihn alle den „white Nigger" nannten, da er früh ergraute und zudem noch der einzige Schwarze im Ort war. Aber es ging dort freundschaftlich zu, und es war für Ben Johnson kein Schimpfwort. Er war seit jeher Wikingerfan und hatte sich (wohl auch, um seinen Spitznamen los zu werden) die Haare in ein Wikingerrot färben lassen. In der kleinen Ortsbibliothek las er von den Wikingerrouten. Da eine davon von Skandinavien zum Schwarzen Meer verlief, flog er kurzerhand nach Finnland und kaufte sich dort ein umgebautes Wohnmobil.

Dieses war ein alter Ambulanz-Bus, der noch das orange Signallicht auf dem Dach hatte, und auch der Schriftzug war noch vorhanden. Nun war er kurz vor dem Schwarzen Meer hier hängen geblieben. So nach zwei Flaschen bestem Wyoming-Whisky schliefen dann beide im Truck. Am nächsten Morgen gab Boris eine Runde frische Eier aus und deckte als Wiedergutmachung auch den Gasthof damit ein. Danach fuhr er die Hühner nach Rumänien und wollte irgendwann in der Nacht zurück sein. Ben Johnson gab sein Hotelzimmer auf und fuhr mit, um, wie er sagte, mal was Neues zu erleben.

Nina und ich schauten uns in dem quirligen Städtchen um. Nina ging auf Shoppingtour und ich setzte mich in eine gemütlich aussehende Dorfkneipe unter einen Baum. Ich bestellte ein Bier, da es hier ja leider meinen heißgeliebten Apfelwein nicht gab und ich überlegte, ob ich ihn hier einführen sollte. Apfelbäume gab es ja genug.

── 6 ──

Genau hier und jetzt sollte mich nun der Schlag treffen...............
Ich hatte gerade das Bier zum Trinken angesetzt, als ich mich selber vor mir sah... und ich hatte noch nix getrunken!!!
Der Mann, der gerade vor mir stand, war ein perfektes Ebenbild von mir. Oder, wenn man will, auch umgekehrt. Wahnsinn!!!
Er war genauso wie ich von unserer Begegnung überrascht und musste sich umgehend setzen. So saßen wir uns Aug in Aug gegenüber und es kam erst mal kein Laut über unsere Lippen. Wir schauten uns an, als wenn wir gerade einen Außerirdischen kennengelernt hätten.

Ich erlangte als Erster die Fassung wieder und sagte: Hallo. Mein Gegenüber erwiderte mit einem englischen *Hello*.
Nun war ich doppelt überrascht, da ich hier quasi am Arsch der Welt keinen Engländer vermutet hatte. Wow. Was für ein

Hammer..............

Nun stellte ich mich als Dieter Weiß aus Frankfurt vor und er sagte: I am Charles Headstone. I come from Sherborne in Dorset/England.

Jetzt läuteten alle Gehirnwindungen auf halb acht. Headstone!!!

Was macht er hier und überhaupt, warum sieht er genauso aus wie ich? Charles, mittlerweile hatte er die Fassung wieder zurück, ging es genauso und stotterte auf englisch:..... Du heißt Weiß???

Nun stellte sich heraus, dass Charles genauso wie ich auf Ahnensuche war und parallel zu meiner Recherche mit seinem Wohnmobil aus Old England unterwegs war.

Er war im Gegensatz zu mir sehr gebildet und hatte die konservativen englischen Umgangsformen mit der Muttermilch aufgesaugt. Was ich super fand, er hatte den gleichen Humor wie ich und wir verstanden uns auf Anhieb. Wie Brüder!!?? Was war los mit unserer Beziehung?

Nun tauschten wir uns ausführlich aus, was manchmal nur mit Händen und Füssen gelang, da mein Englisch saumäßig war und

Charles so gut wie kein Deutsch konnte. Trotzdem hatten wir herausgefunden, dass unser gemeinsamer Vorfahre Nickel Nickel Headstone (Weiß) vor dem Ableben seiner geliebten Sugarlady mit Schwester Camilla (übrigens ein echtes Luder, die jeden, der eine Hose anhatte und nicht rechtzeitig auf den Bäumen verschwand, vernaschte) auf einem Ball in deren Schloss Sherborn Castle in der Besenkammer a la Boris Becker ein Tet-A-Tetchen hatte.

Aus dem Tet-A-Tetchen kam sein Ur-Ur-Großvater hervor und nun bin ich mit Charles irgendwie als entfernter Cousin verzwirbelt. Aber wir sahen wie Zwillingsbrüder aus und fühlten uns auch so. Irgendwie wie „Brother in Arms".....

Darauf mussten wir einen trinken. Charles trank nur Whisky und so scotchten wir einen, wie Charles es so nett formulierte. Nachdem wir seinen Flachmann sozusagen ausgescotcht hatten, nannte ich ihn Headdy und er mich Otto, weil er es so toll fand, dass sehr viele meiner Vorfahren Otto hießen, im übrigen auch ich mit 2. Vornamen. Headdy bestellte sich nun auch ein Bier und erzählte mir, dass er noch immer auf dem Schloss Sherborne Castle seiner Vorfahren weilte und er seine Kohle mit einer Teeplantage in Sri Lanka, die noch aus der Kolonialzeit stammt, verdient.

Headdy hatte sich zeitgleich mit mir auf Ahnensuche begeben und seine Recherchen hatten ihn in die Stadt der einstöckigen Häuser gebracht, um Vorräte einzukaufen und um danach zur Chotyn Burg aufzubrechen. Er hatte in einer alten Truhe einen Brief aus Hennweiler-Uk gefunden, aus dem hervorging, dass ein Gregor Weiß in die Waldkarpaten ausgewandert sei. Also hatten schon seine Vorfahren ihre Ahnen gesucht und naturalemente hatte Headdy jetzt Feuer gefangen und kaufte sich ein Wohnmobil. Purer Zufall also, dass wir uns hier begegnet sind!
Das wir so etwas Außergewöhnliches erfahren durften, war schon irre. Mittlerweile gesellte sich Nina zu uns, die aus dem Staunen nicht mehr herauskam. Hatte ich mich doch nun verdoppelt.
Nachdem, was wir alles zur Verbrüderung

getrunken hatten, sah ich uns schon vierfach. Was jetzt noch dazu kam war, dass der Häftling von gestern direkt vor uns über die Straße rannte, dahinter wieder dieselben Beamten. Keine Ahnung, ob sie immer noch liefen oder schon wieder.
Nina und ich gingen in unsere Herberge, Headdy zu seinem Luxuswohnmobil mit auflackiertem Unionjack.

Am nächsten Tag wollten wir dann mit Boris zusammen frühstücken und zu unseren gemeinsamen Verwandten nach Chotyn fahren.

Das Wappen von Chotyn

----- 7 -----

Boris und Ben Johnson kamen dann auch am nächsten Morgen sichtlich übernächtigt mit dem immer noch stinkenden, aber leeren Truck vorm Hotel an und staunten nicht schlecht, als sie uns doppelt sahen. Wir stellten uns einander vor und wie es halt so ist, es wurde gefeiert. Ben Johnson stellte den Wyoming-Whisky und Headdy holte seinen Scotch aus dem Wohnmobil... mehr braucht man dazu nicht zu sagen. Der Tag war gelaufen.
Am nächsten Tag dann fuhr der doch etwas ungewöhnliche Konvoi aus verdrecktem Hühnertruck, Unionjack-Luxuswohnmobil und einem abgefuckten finnischen Krankenwagen nach Chotyn zu Headdys und meinen Vorfahren in die sagenumwobene Chotynburg.
Die Burg lag idyllisch 100 Meter oberhalb des Flusses Dnister, der leise vorbeiwisperte und wir hatten unseren Schaff die Serpentinen rauf zu fahren. Vor dem

geöffneten Tor angekommen, war kein Aas zu sehen, nur ein Schild: Führung von 14.00 bis 18.00 Uhr. Rundum war es unheimlich still und kein Lüftchen regte sich. Wir standen auf einem von der Sonne ausgeglühten Burgplatz und Ben Johnson sagte nur: Well, it`s cool here. Er läutete an einer riesigen Glocke, die in einem Turm hing. Und schon wars mit der Ruhe vorbei.

Ein kräftiger, untersetzter Mann mit blonden Haaren, so an die sechzig, kam gut gelaunt aus dem Gemäuer und begrüßte uns ganz herzlich. Nina übersetzte auf deutsch und englisch, dass er Egor Weiß hieß und uns erwartete. Headdy und ich sahen uns an und schüttelten zwillingsmässig die Köpfe. Wir hatten uns nicht angemeldet. Woher wusste Egor, dass seine Verwandten kommen?

Er sagte nur: Kommt erst mal in die Burg und stärkt euch, dann erzähle ich meine Geschichte. Wir waren gespannt und nahmen in einer Art Rittersaal Platz. Überall hingen Waffen, osmanische Schilde und Kosakenuniformen rum. Egor erzählte, dass wegen der vielen Filmaufnahmen der Saal schon eine Requisitenkammer wäre und reichte uns zur Begrüßung (und auch zur Freude von Boris) jedem erstmal einen Wodka.

Jetzt stellten wir uns alle vor und berichteten, wie Headdy und ich zueinander fanden, um hier nun vereint mit Egor ein Familientreffen der doch etwas anderen Art abzuhalten...

Egor war sichtlich verdutzt, schüttelte sein blondes Wuschelhaar und sagte zu uns: Moment, ich komme gleich wieder.

Es dauerte so einen Wodka, da ging die schwere Holztür auf und ca. 30 Personen standen vor uns. Von Babys, kleinen Kindern bis Jugendlichen und Erwachsenen.

Das Familienoberhaupt zeigte auf die Menschenmenge und sagte: Die alle sind eure Verwandten, alles die Familie Weiß aus Chotyn...

Seine Frau Darja stellte uns ihre acht Kinder und die Enkel vor. Das hatten wir nicht erwartet und waren erst mal geplättet.

Natürlich war ich hoch erfreut, dass meine Linie der Familie Weiß nicht ausstirbt. Mein Sohn Daniel hat zwar zwei süße Kinder, aber die beiden haben den Nachnamen ihrer

Mutter Grit. Das wärs ja dann gewesen, aber so kann es weitergehen mit den Weißens....
Jetzt gab es ein wildes Durcheinander von Gesprächen in den verschiedensten Sprachen. Ein paar Ukrainer sprachen Englisch, einige Deutsch, und Nina und Boris kamen mit dem Übersetzen nicht mehr nach. So nach zwei Stunden Getümmel gings dann zum Essen in die Cantina. Darja rief zum Mittagstisch. Es war eine Tafel, an der alle Platz hatten, so wie bei Headdy in Old England. Es gab Knedle Jagoda, warme Hefeklößchen mit frischem Blaubeermus, einfach superlecker.
Danach stand die Burg- oder Schlossführung (wie man will) an. Während uns Egor rumführte, erzählte er uns, warum er uns erwartet hatte.
Bei einem Badeausflug ans Schwarze Meer hat er das Orakel von Phelfi besucht (es heißt wirklich so) und sich die Zukunft wahrsagen lassen. Auf einem roten Schild am Strand stand: Heute Specialorakel, zwei für eins. Das fand Egor toll und so hatten er und seine Frau Darja wirklich günstig die Zukunft in Augenschein genommen.

Eine brünette „Schwarzmeerkonifere" namens Sophia offenbarte ihm, dass in Bälde ferne Verwandte zu ihm kommen würden, um nach ihren Ahnen zu suchen. Außerdem sähe sie Goldmünzen, was immer das zu bedeuten habe. Dann murmelte sie noch etwas von einem „Schwarzen Wikinger mit rotem Haar, der Zahnlücken hätte, dass man La Paloma durchpfeifen könnte". Aber er bräuchte keine Angst zu haben, alles werde gut. Im Hintergrund schob eine Katze „made in China" mit ihrem winkenden Arm einen Wackel-Elvis an, und es sah aus wie ein russisches Perpetuum Mobile. Egor war etwas skeptisch, ob er das Ganze glauben sollte und das bekam Sophia mit. Sie sagte: Aber du kannst mir glauben, deine Frau wird heute noch eine alte Freundin treffen, und du wirst dir heute noch den linken Knöchel verrenken.

Und tatsächlich, er ging die Stufe zum Ausgang runter und man hörte einen Schrei... Auch traf Darja eine alte Freundin wieder.

Egor selbst stammt von den Hennweiler-Uk Weißens (Molotows) ab, von denen ein gewisser Gregor Weiß einen Lageplan mit einem versteckten Schatz der Osmanen in der Burg Choty in die Finger bekam. Daraufhin übersiedelte dieser mit seiner Frau Olga (er nannte sie liebevoller Weise Olgalieschen) und seinen drei frechen Gören hier in die Burg. Gregor war von Beruf Hufschmied und verdingte sich in der Burg als Mädchen für alles.

Kurz vorher hatten die Kosaken und die Ukrainer die Osmanen in einer Schlacht genau vor der Burg Chotyn geschlagen. Danach waren von der Bevölkerung nur noch wenige am Leben. Gregor bekam im Laufe der Zeit die Burg anvertraut und wurde Verwalter.

Bis zum heutigen Tage verwaltet immer ein Mitglied der Familie Weiß die Burg, ohne aber auch nur die geringste Spur eines Schatzes gesehen zu haben. Nun hatte das brünette Schwarzmeerorakel auch vorausgesagt, dass Egor mit seiner „neuen Familie" einen Schatz finden würde. Deshalb freute er sich natürlich sehr auf unser Kommen und auf die Schatzsuche.

----- 8 -----

Es war schon spät geworden und wir hatten unsere Quartiere im Westflügel bezogen. Headdy und ich hatten die Zimmer nebeneinander und Headdy fühlte sich wie zu Hause. Er hatte Egor nach Hausgeistern gefragt und dieser sagte: Es gibt nur Hermann, aber der ist harmlos. Na, mal sehen. Nach dem Abendessen setzten wir uns alle vor den Kamin und Egor zeigte uns die jahrhundertealte Schatzkarte. Headdy war Feuer und Flamme. Er kannte sich mit Schatzkarten und altem Gemäuer aus. Er hatte zu Hause in Sherborne Castle ein supermodernes Equipment zum Erforschen von Hohlräumen, die er schon für die ägyptischen Ausgrabungen zur Verfügung gestellt hatte.
Headdy enträtselte den Plan so, dass man in den 60 Meter tiefen Brunnen hinab musste, der in den Fels getrieben war. Aber ohne sein Equipment könne er nichts machen. Er telefonierte mit Sherborne Castle und

bestellte per Flieger die Technik nach Odessa, wo Boris dann mit Ben Johnson hinfahren sollten, um den Kram abzuholen.

So weit, so gut. Wir hatten nun etwas Zeit und kamen uns näher. Als Familie und nun auch als Freunde.

Im vorderen Teil der Burg befand sich eine Pysanky-Manufaktur. Hierzu sei gesagt, dass Pysanky Batik-Ostereier waren, die nur hier zwischen Moldawien und Rumänien hergestellt werden und eine jahrhundertealte Tradition aufweisen. Sie wurden sehr reich bemalt und beschrieben. Hier arbeitete Dimitri Osman (was eigentlich schon einen Widerspruch an sich ist) mit mindestens 20 Mitarbeiterinnen das ganze Jahr für die gesamte Ukraine und den Export, damit an Ostern alle ihre Eier hatten. Genau in diesen verliebte sich nun unsere Nina unsterblich.

Dimitri zeigte seine 10.000 Eier (und vermutlich auch seine eigenen) und wie der Betrieb so funktionierte. Es war so etwas wie eine Zweckgemeinschaft von Eiern und Tourismus, um die Burg zu erhalten.

Die beiden waren nur noch bei den Eiern, was Boris auf dieselben ging. Na ja.

Zwischendurch fragten wir Egor, wo sich denn die ganze Familie bei unserer Ankunft aufhielt, da der Burghof menschenleer war.

Da schnappte uns Egor und sagte: Das müsst ihr euch selber ansehen. So etwas habt ihr noch nicht erlebt. Wir waren wiedermal gespannt wie ein Flitzebogen und trabten hinterher in einen Hinterhof der Burg. Er öffnete das mächtige Holztor mit den Messingbeschlägen, und wir waren in einer anderen Welt.

Vor uns lag ein orientalisches Badebecken, das von Palmen umzingelt war. Auf dem Grund waren wunderbare osmanische Kachelmuster zu sehen. Wir waren einfach nur platt.

So was ähnliches kannte ich nur von der Alhambra bei Granada. Wow, ein Hammer. Dahinter der Kommandantenpalast, der aber nur bei Führungen zu sehen war. Egor sagte fröhlich: Das ist unser Familienbad und jetzt im Sommer sind wir natürlich immer hier zum Baden. Die Osmanen haben das alles gebaut. Sie hatten sich für das Bad und dessen Wasserversorgung 34 Sklaven gehalten, um dann hier mit dem Harem diverse Partys, oder besser gesagt, Orgien zu feiern. Zu sehen war eine große Wasserspindel, mit der das Wasser vom Brunnen bis hinter die Burg gespindelt wurde.

Das war nicht immer so und man muss erwähnen, dass in damaliger Zeit, so um anno 1500, immer mehr Sklaven an diversen „Wasserkrankheiten" erkrankten (z.B. Wasserkopf, Wasser in den Beinen und das allseits gefürchtete Wasserträger - Burn - Out). Durch den Ausfall der Arbeiter fehlte daraufhin dem Badebecken die Frischwasserzufuhr. Das stank dem damaligen Sultan, Emir, oder wem auch immer und er ließ nach einem genialen Erfinder schicken, der in Bella Italia super Sachen erfand.

Na, was soll ich sagen, Leonardo da Vinci reiste kurzerhand an, erfand die Wasserspindel, malte seine Mona Lisa am Ufer des Dnister, sackte seine Kohle ein und verschwand wieder.

Egor sagte, Leonardo hätte das damals für ihn erkorene Harems-Mädel gemalt. Daher auch das geheimnisvolle Lächeln auf dem

Bild, woraufhin mir Egor mit einem Auge zuzwinkerte …

Jedenfalls waren nach dem Bau der Wasserspindel alle Sklaven wieder arbeitsfähig geschrieben und es gab keine Fehlzeiten mehr. Die gesamte Osmanen-Clique konnte wieder baden und sich ganz dem Feudalieren hingeben.

----- 8,5 -----

Am nächsten Morgen dann brach Boris (ohne Nina) mit unserem schwarzen Wikinger nach Odessa auf, um das Equipment von Headdy am Flughafen abzuholen.

Wir alle fieberten der Rückkehr der beiden entgegen, um mit der Schatzsuche zu beginnen. Nur noch eine Nacht sollte uns trennen. Diese begann aber sehr turbulent. Nachdem Headdy und ich zu Bett gingen, wollte es Hermann, der eigentlich Hans-Hermann hieß, mal wieder richtig krachen lassen. Als heimischer Hausgeist konnte er ja von der Familie keinen mehr erschrecken und nahm nun uns beide aufs Korn. Headdy war als erster dran. Hans-Hermann gab sämtliche Geräusche, die er drauf hatte, zum Besten, was Headdy nur zu einem müden „beat it" ermunterte. Entmutigt, er konnte ja nicht ahnen, dass Headdy selber jede Menge Schlossgespenster beherbergte, kam Hans-Hermann dann zu mir und ließ eine große Holztür menschenerbärmlich quietschen. Sichtlich genervt rief ich in die Umgebung, er solle sich verzischen, sonst holte ich Headdy und der würde ihm schon den Dudelsack blasen. Hans-Hermann trollte sich daraufhin missmutig in die große Mauerritze neben meinem Bett zurück, worauf etwas Sand herausrieselte.

Ich stand auf, um nachzuschauen, was da so aus der Wand kam und fand heraus, dass es eine Geheimtür war. Nur den Öffnungsmechanismus musste ich finden. Das war kein Problem, da es in der Umgebung nur einen Säbel gab. Ich drehte ihn und schau da, guck hin, war ich bei Headdy im Zimmer gelandet, der daraufhin aufwachte. So scotchten wir einen auf unsere Privatverbindung. Headdy holte seinen Dudelsack raus und blies Hans-Hermann einen schottischen Narhallamarsch.

Nach dem ersten Lied kamen aus der ganzen Burg Bravo-Rufe und so gab Headdy zur späten Stunde noch ein paar Zugaben.

Zu unserem Erstaunen gesellte sich nun auch noch Hans-Hermann dazu. Anscheinend hatte er an der Dudelsackmusik Gefallen gefunden. Er spukte so vor sich hin und gab mit einen „Huuuh" oder „Schuhuuhh" seinen Beitrag zur Musik dazu. Anschließend gingen wir unter dem Beifall der Großfamilie zu Bett und Hans-Hermann verschwand wieder in seiner Ritze.

Irgendwie war ich schon ein bisschen stolz, einen echten Geist in meiner Ahnenreihe zu haben und muss nun unbedingt die Geschichte von Hans-Hermann erzählen:

Vor drei Generationen hatte Gregors Frau Olga Hans-Hermann zur Welt gebracht. Und als dieser 20 Lenze zählte, passierte ihm ein

Missgeschick. Auf dem Hof der Burg, direkt vor dem Brunnen, ging die heiße Luddy (Ludmilla) vor ihm her. Sie scharwenzelte mit einer Art von zerfleddertem Karpatenhöschen (Vorläufer der Hotpants) vor Hans-Hermann, dem die Augen auf halb acht hingen und er nicht den Nachttopf sah, den er vor den Brunnen gestellt hatte. Er stolperte, die Augen immer noch auf die heiße Luddy gerichtet, in den Brunnen und kurz bevor er unten aufschlug, verfluchte er sich selbst. Jetzt hat er den Salat. Besser gesagt, den Fluch. Aber immerhin kam er in das Familienwappen. In diesem ist ein fliegender Hammer abgebildet, da ihm sein Hammer, den er in der Hand hielt als er fiel, über die Burgmauer zischte und einen Erzfeind unterhalb der Burg erschlug. Mehr konnte Hans-Hermann nicht bei seinem Ableben tun und wurde kurzerhand als einmaliges Wappensymbol „Der fliegende Hammer" in die Geschichte der Heraldik (Wappenkunde) der Ukraine aufgenommen.

Das Wappen der Familie Weiß aus Chotyn mit fliegendem Hammer und zwei Verwalterschlüssel auf der Burgmauer.

----- 9 -----

Am nächsten Morgen hingen wir mit dem Fernglas auf den Zinnen rum und schauten zu, wie Boris mit dem Truck die Serpentinen zur Burg hochfuhr. Es war schon ein Genuss, hinunter auf den Fluss zu schauen. In der Ferne konnte man das Schwarze Meer erahnen. Wir luden den Laster ab und bauten eine Seilwinde über dem Brunnen. Dann zimmerten wir aus Europaletten eine Plattform, auf der dann Boris und Headdy an einem Seil die Instrumente runter ließen. Da es mittlerweile aber schon spät war, beschlossen wir, die Schatzsuche auf den nächsten Tag zu verlegen. Boris schnappte sich nun seinen Truck, der immer noch nach den Hühnern stank und fuhr zum Fluss Dnister runter, um ihn gründlich zu schrubben. Unten angekommen, schwamm in den Flussauen eine blonde Schönheit und betörte Boris. Sie hieß Alisa und kam nun nackt aus dem Wasser auf ihn zu. Es war ein Wahnsinn. Tausend Sonnen schienen vom

Himmel und die Traumfrau, die Boris schon mindestens 6 mal im Traum besucht hatte, sagte: Hallo, willst du mit mir schwimmen? Alisa war ein Vollweib und ihre Titten standen wie der Kölner Dom. Boris war hin und weg, zog sich aus und sprang, knisterknister zu Alisa in die Dnister.

Alisa kannte eine schöne kleine Bucht, so 100 Meter flussabwärts. Dort angekommen, legten sie sich an den Strand und Alisa fing an Hand anzulegen. Gerade als sich nun der „Schatten der Evolution" bei der untergehenden Sonne auf dem Bauch von Boris abzeichnete ..., da hörte er das Motorengeräusch von seinem Truck. Und schon war`s mit der Erotik (analog Liebesschaukel mit Mamutschka) vorbei.

Wie vom Blitz getroffen, liefen beide splitterfasernackt die Böschung hoch und sahen vom Truck nur noch die Rücklichter. Alisa sagte: Dawei, dawei, da hinten steht eine Draisine und die Straße verläuft parallel zu dem Gleis. Sie schnappten sich ihre Klamotten, hechteten, nackt wie sie waren, auf die Draisine und starteten mit voller Kraft durch.

Tatsächlich holten sie den Truck nach 300 Metern ein. Nun war das natürlich ein Bild für die Götter, wenn man sah, wie sich die zwei auf der Draisine bewegten. Alisa mit ihren großen Titten (Körbchengröße haste nicht gesehen) und Boris mit seinem zappelnden Dingelding im Auf und Nieder mit dem Draisinenhebel oder wie das Ding heißt. Dabei stieß Boris zahlreiche, nicht wiederzugebende Flüche Richtung des Fahrers, der gerade seinen Laster klaute, aus. Der Dieb sah aus wie einer der drei Musketiere: langes, gewelltes Haar und kühner Gesichtsausdruck. So wie D`Artagnan halt. Der fand die Situation urkomisch und hatte nix besseres zu tun, als sein Smartphone rauszuholen und einen Videoclip zu drehen, um ihn ins Netz zu stellen (er wurde übrigens zum Clip des Jahres). Boris sollte es nach seiner Rückkehr zu Mamutschka übrigens nicht einfach gehabt haben.

Egal. D`Artagnan, oder wie der Dieb hieß, kam nun schneller voran, weils bergab ging. Und weg war er. Alisa und Boris legten sich völlig ermattet auf die Draisine, was allerdings Alisa nicht davon abhielt, Boris ein wenig „zu trösten". Nach einer urgewaltigen Draisinennummer gings zurück. Alisa wackelte zum Abschied nochmal mit dem Hinterteil und verschwand. Boris kam zu Fuß fluchend in der Burg an. Er erzählte uns die Story, die er gerade erlebt hatte. Wir versuchten ihn mit ein paar Wodka und Scotch auf bessere Gedanken zu bringen. Dies gelang aber erst Egor. Er fragte: Wie hat der Typ denn ausgesehen, der dir den Truck geklaut hat? Na, wie D`Artagnan aus dem Film. Egor schmunzelte und klopfte Boris auf die Schulter: Das kriegen wir hin. Morgen hast du deinen Truck wieder.

----- 10 -----

Am nächsten Morgen dann stieg die ganze Korona inklusive Boris, Egor, Nina, Ben Johnson, Headdy und ich in den finnischen Ambulanzwagen und fuhren zu den Waldkarpaten, wie die deutschstämmigen Mitbewohner sich nannten. Dummerweise lag der Ort, wo wir hinfuhren, schon in Rumänien und wir hatten keine Visa zur Einreise.

Egor sagte kurz vor der Grenze: Tja, jetzt müssen wir uns was einfallen lassen, dass wir rüberkommen.

Ben Johnson pfiff schlitzohrig durch seine Zahnlücke und verkündete uns seine „geniale Idee", wie er so sagte. Da in dem Ambulanzwagen noch weiße Arztkittel waren, zogen wir sie nun alle an und wollten dann als Krankentransport mit Signallicht und Sirene an den Grenzposten einfach vorbeifahren. So der Plan.

Ben Johnson war aber nun schwarz wie die Nacht und ging schlecht als einheimischer

Sanitäter durch. Deshalb plünderten wir den Erste-Hilfekasten, holten sämtliche Mullbinden heraus und wickelten Ben Johnson als Mumie ein, so dass nur noch seine Augen zu sehen waren. Da wir ja Hochsommer hatten, schwitzte Ben Johnson unter den Mullbinden und probte schon mal das Stöhnen. Headdy schnappte sich das noch vorhandene Stethoskop und testete, ob Ben noch atmete.

Dann legten wir Ben Johnson auf das Krankenbett, was ihm ja auch sonst zum Schlafen diente und schnallten ihn fest. Da es in dem abgefuckten finnischen Ambulanzwagen keinerlei technische Geräte mehr gab, wickelte Headdy sein Stethoskop an die Stereoanlage und wollte dann so tun, als wenn er die Technik überwachte. Zufälligerweise lag am Straßenrand ein ausgedienter Relaiskasten der hiesigen Karpaten-Telekom und wir nahmen ihn als „Wunderwerk der medizinischen Revolution" mit. Nina, als Krankenschwester, hielt ihn fest, damit er nicht umfiel und setzte sich neben „Oberarzt" Headdy.

Nun standen wir vor der Grenze. Uns ging die Muffe eins zu tausend, außer Egor, der jetzt am Steuer saß. Ich machte das Signallicht und die Sirene an und los gings.
An der Grenze war nix los und die Beamten saßen im Schatten unter ihrem Vordach vom Pförtnerhäuschen. Irgendwie trauten sie ihren Augen nicht und wussten nicht, was sie tun sollten. Egor gab Gas und schwupp-di-wupp waren wir über der Grenze. Sie schauten nun mit erhobenen Gewehren unserem Ambulanzwagen mit finnischem Kennzeichen hinterher und schüttelten nur ungläubig mit den Köpfen. So müsste es nun auch bei den rumänischen Grenzern weitergehen. Dachten wir.
Zwei Kilometer weiter wars dann soweit. Aber diesmal war der Schlagbaum zu. Was also tun? Egor gab Gas, ich die Sirene an und los gings mit Affenzahn auf den Schlagbaum zu. Die rumänischen Grenzbeamten ließ das aber total kalt und sie machten keine Anstalten, ihre Schranke für uns zu lüften.
Wir hielten an und ich machte die Sirene aus, ließ aber das orange Signallicht an, um unserer „eiligen Mission" Nachdruck zu

verleihen. Egor log den Beamten die Hucke voll, was das Zeug hielt. Es geht um Leben und Tod. Es sei ein internationales Ärzteteam an Bord und müsse nun unbedingt in das Stadtkrankenhaus von Bukarest. Der Beamte schaute auf das Krankenbett mit Ben. Der stöhnte als wäre sein letztes Stündlein gekommen und Headdy stethoskopierte am todkranken Patienten rum. Boris zog eine Spritze mit Wodka auf, die er sich anschließend zu Gemüte führen wollte. Nina hielt mit der einen Hand den Arm von Ben, der mittlerweile jetzt vor Angst zitterte. Mit der anderen fummelte sie fachmännisch an dem alten Relaiskasten rum, der schon verrostet war. Die Beamten wollten aber nun doch die Papiere sehen und Nina ging mit unseren Pässen aus dem Bus. Vorher machte sie aber noch die zwei obersten Knöpfe von ihrem Arztkittel auf - so zur besseren Verständigung. Was auch Wirkung zeigte. Während Nina dem einen Grenzbeamten den Blutdruck maß, schrieb der andere für uns ein Kurzvisum. Danach bekam auch dieser Beamte mit viel Charme und Augenklimpern noch seinen Blutdruck gemessen, und Nina prophezeite den beiden ein super langes Leben, alles sei ok. Das wirkte und wir durften fahren.

Ich machte wieder die Sirene an und Egor legte noch einen Zahn mehr zu, nur weg hier. Die Grenzer winkten uns mitleidig hinterher, ohne das finnische Kennzeichen zu erkennen. Puhh, Glück gehabt. Wir wickelten Ben Johnson aus und tranken an der nächsten Kreuzung einen Wodka aus dem umgetauften Benzinkanister.....

Da war MISSION IMPOSSIBLE ein Dreck dagegen, und ich summte die Titelmelodie, woraufhin alle schelmisch grinsten.

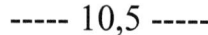

----- 10,5 -----

Hier sah es wie im Schwarzwald aus und wir hielten mitten im Wald vor einer Art Fort. Ringsum war alles mit Holzpalisaden zugenagelt und man hatte den Eindruck, es

hätten sich wie im Wilden Westen Siedler vor den Indianern verrammelt. Aber ein Telefonat via Smartphone, über das übrigens katastrophale Karpatennetz, öffnete das große Tor und Boris konnte seinen Truck schon sehen. Der Laster stand geputzt und gewienert vor ihm und hatte mittlerweile verchromte Räder. Egor und 6 illustre Gesellen fielen sich um den Hals und klopften sich ab. Auch D`Artagnan war darunter. Dieser entschuldigte sich sofort bei Boris und sagte: Ich hab dir auch ne gescheite Stereoanlage eingebaut, so als Wiedergutmachung. Na ja, Entschuldigung angenommen. Die Gesellen stellten sich als Deutschstämmige heraus, die, wie die Kosaken, ihre Freiheit liebten und im Wald wohnten. Das Familienoberhaupt hieß auch Egor, war ein kräftiger Hüne und trug den Nachnamen Fetzer. Dies war für mich auch eine Überraschung, da aus der Gegend um Idar-Oberstein die Familie von meiner Uroma namens Fetzer kam. Sollte es da vielleicht auch eine Verbindung geben?? Mal sehen.
Die Sippe bestritt ihren Lebensunterhalt mit

der Reparatur von Trucks und......na ja, ihr wisst schon. Der Familienclan lebte, wie die Fetzers sich ausdrückten, „frei" im Wald als Waldkarpaten, wo übrigens auch der Fluss Dnister entspringt.

So nennt man noch heute die deutschstämmigen Ukrainer und diese Waldkarpaten fühlten sich schon ein bisschen wie Kosaken. Dazu sei gesagt, dass Kosake übersetzt „Freier Krieger" bedeutet und dass diese allen unterdrückten Menschen eine neue Heimat in Freiheit gaben. Also quasi eine Art Karpaten-Robin-Hood. Deshalb finden sie auch heute noch eine hohe Anerkennung in der Bevölkerung.

Jetzt kamen auch die Frauen heraus und man ging zum gemütlichen Teil über. Egor holte ein Spanferkel aus dem Bus, das er dort versteckt hatte. Wir grillten das kleine Ungetüm und der Wodka floss in Strömen. Der Zufall wollte es und es hing ein Dudelsack an der Wand der Grillhütte. Hab ich letzten Winter einem Schotten entliehen, sagte D`Artagnan, konnte ihn aber nicht loswerden. Keiner kann das Ding spielen. Daraufhin legte Headdy los und gab seine

Künste zum Besten. Alles war bestens, nur Nina hatte sich nun unsterblich in D`Artagnan verliebt.

Wieder einmal. Boris verdrehte beim Anschauen der Knutscherei die Augen und scotchte einen mit Headdy.

Nun ließ es sich der Fetzer-Egor nicht nehmen, einen „Tupolew Fifty - Five" auszugeben. Quasi der Blockbuster der einheimischen Getränke.

Der Vater von Fetzer-Egor war nämlich Kampfflieger im 2. Weltkrieg und brachte das Getränk mit. Die Amerikaner hatten damals den Cocktail B 52 erfunden, nach dem Bomber B 52. Und das gemixte Gebräu schlug dann ebenso nach dem Trinken ein. Dem wollte damals die Russenarmee nicht nachstehen und so gabs dann den „Tupolew Fifty - Five", der wegen seiner höheren Zahl nach noch verheerender sein sollte.

Ich jedenfalls lehnte dankend ab. Hatte ich doch noch Dimitris Molotowcocktails in allzu guter Erinnerung. Aber Boris und Ben Johnson wollten es wissen. Danach schliefen beide tief und fest. Wir verbrachten alle eine schöne Nacht und am nächsten Morgen

reanimierten wir Ben Johnson mit einem Eimer Wasser. Ihn hatte wohl ein Propeller der Tupolew gestreift...
Wir standen noch alle zu einem Erinnerungsfoto zusammen, wobei Nina mit ihrem Timoschenkozopf und D`Artagnan mit seiner Lockenmähne neben dem wiedererwachten Ben Johnson mit seinem rotem Haar ein schon seltsames Bild abgaben, daneben naturalemente Headdy und ich als „Zwillingspaar". Dann gings zurück nach Chotyn. Wir wollten ja jetzt endlich mal an die Schatzsuche gehen. Wie aber sollten wir nun wieder über die Grenze kommen? Das Spiel von der Hinfahrt konnten wir ja nicht mehr abziehen. Also fuhren wir den Ambulanzwagen auf den Truck und machten die Planen runter. D`Artagnan fuhr den Lastzug und wir saßen alle mucksmäuschenstill hinten im Bus unter der Plane. Als Karpatenkrimineller hatte D`Artagnan natürlich freie Fahrt und fuhr unkontrolliert unter Abgabe von einem kleinen Obolus mit dem Truck über die Grenze. Er sagte, er müsse gleich kurz anhalten, um einen Termin zu machen. Einen

Termin mitten im Wald?? Wir fuhren langsamer und vor uns stand ein riesiges Fairtrade-Schild und andere Gütesiegel, die alle etwas mit Umwelt- bzw. Waldschutz zu tun hatten. Direkt daneben eine grüne Neonreklame, wo FUCK FOREST draufstand. Der Parkplatz war bewacht und es sah alles sehr professionell aus. Wir gingen in das supermoderne Gebäude und es stellte sich als ein Pornofilmstudio heraus, wo D`Artagnan ab und an sich ein kleines Zubrot verdiente.

D`Artagnan (dessen richtiger Name übrigens nicht auszusprechen war und wir deshalb bei diesem Namen bleiben) erklärte uns, dass dreißig Prozent der Einnahmen an Fairtrade und diverse andere Naturschutzorganisation abgegeben werden. Auch er gibt ein Drittel seines Honorars ab, sozusagen der Umwelt zuliebe. Während er seinen Termin machte, schauten wir uns um. Dass gerade hier ein solches Filmstudio stand, war nicht verwunderlich, da wirklich die schönsten Mädchen aus dem gesamten Ostblock hier zu finden waren, was ich absolut bestätigen kann..

Es war schon interessant, was wir da so sahen. Hinter den Innenstudios war ein Dschungelkamp mit Baumhäusern, Lianen und Urwald-Liebesschaukeln als Freilandgehege angelegt. Gleich daneben befand sich auch noch eine Samenbank. Was für ein Glück, dass ich hier keine Ahnenforschung machen musste.....
Logischerweise war Nina nicht sehr angetan über den Besuch bei FUCK FOREST und sie wurde ein paarmal gefragt, ob sie nicht auch einen Termin buchen wolle. Woraufhin Nina einen roten Kopf bekam. Inzwischen war D`Artagnan wieder da, wuselte verklärt in seiner Musketiermähne rum und sagte: Heut kriege ich keinen Termin, heut ist Gaytag. Muss morgen wiederkommen. Lasst uns fahren. Wir also alle Mann und Frau wieder in den Truck und Boris fuhr weiter bis zum nächsten Ort, wo D`Artagnan bei Freunden bleiben wollte, um was Neues auszuhecken. Wir hatten Hunger und gingen zum Mittagessen mit in ein Haus, das gut in den Schwarzwald gepasst hätte. Seine Freunde waren noch nicht da und Gundel, eine deutschstämmige Kräuterhexe, zauberte

einen super Schweinebraten mit Maronen für uns. Dazu gabs böhmische Klöße, die wie Löschblatt schmeckten, aber egal, einen Kräuterschnaps hinterher. Alles gut. Es war schon spät geworden und wir übernachteten hinter dem Haus. Boris, Nina und ich im Truck, Ben Johnson, Egor und Headdy in unserem „Fluchtfahrzeug". Die Sonne war noch nicht richtig aufgegangen, da gabs auf einmal einen riesen Radau.

Ein großer Bär war vorbeigekommen, um sich an der Mülltonne zu bedienen, hat dabei wohl aus Neugier in den Bus geschaut und dann den Bus ordentlich durchgeschüttelt. Nun blickte der Bär in das schwarze Gesicht von Ben Johnson, der gerade erwachte. Ben Johnson traf fast der Schlag und er schrie den Bären an, der sich daraufhin furchtbar erschrak. Meister Petz hatte ja noch nie einen 80-jährigen Schwarzen mit großen Zahnlücken und rotem Haar erblickt und lief entsetzt in den Wald zurück.

Der Bär hat den Zwischenfall übrigens psychosomatisch nicht sehr gut verkraftet und ward daraufhin nie mehr an dieser Stelle gesehen.

----- 11 -----

Wieder in der Burg von Egor zurück, kamen alle Familienmitglieder zusammen. Wir erfrischten uns erst einmal im Türkischen Bad und nahmen einen „Chotyn-Coktail".
Nach dem Essen machten wir uns ans Werk. Boris und Headdy saßen auf der Europalette und ließen sich den Brunnen hinunter, um mit dem Wandscanner Hohlräume im Brunnenschacht zu finden. Ich stand oben am Motor und bediente die Winde, Ben Johnson sorgte für gute Stimmung und Nina kümmerte sich um ihren Eier-Dimitri.
Boris und Headdy wurden fündig. Einmal in 5 Meter Tiefe und in 40 Meter. Bei der 5 Meter-Marke fingen sie an, den Stein aus dem Brunnenschacht herauszulösen. Unten auf dem Grund hatten sie ein Netz gelegt, auf den der Stein fallen sollte, damit man den herausgebrochenen Stein zum wieder Einmauern hochholen konnte. Mit vereinten Kräften schafften die zwei es, den Wacker heraus zu hebeln und mit einem schwatsch

fiel er unten in den Schlamm. Zuvor hatten wir aber die zwei einen Meter nach oben gezogen, damit ihnen nichts passierte. Welch ein Glück!!

Dem Stein folgten mehrere Steine, dann Schutt und danach rutschten ukrainische Ikea-Regale Marke Billy-rustikal in Massen in den Brunnenschacht und vor allem........ Ostereier.

Was war passiert? Hinter dem gefundenen Hohlraum war das Lager der Ostereiermanufaktur und ein Regal, leider das erste von allen, das an einem der Steine vom Brunnenschacht angeschraubt war. Es folgte was folgen musste: Das Regal fiel um und wie im Domino kippten sämtlich Regale hinterher.

Ein Ikea-Gau quasi. Über 10.000 Eier ergossen sich nun in den Brunnenschacht, in dem sich mittlerweile die Regale quergestellt hatten und damit eine Barriere nach unten bildeten, worauf sich nun die Ostereier gesellten. Boris und Headdy saßen so umrahmt von Ostereiern wie in einem Osternest auf ihrer Europalette und schauten dumm aus der Wäsche.

Ben Johnson erholte sich zuerst von dem Schrecken und fragte schelmisch, ob die zwei nicht sein Handy haben wollten, um ein Selfie zu schießen. Eine Antwort bekam er nicht.

Wir holten die beiden wieder an die Oberfläche und alle guckten noch verdutzt auf das Chaos im Brunnenschacht. Vom ersehnten Schatz war nix zu sehen. Der Schaden war enorm und Nena kam mit Dimitri aufgeregt zu uns rüber gerannt.

Headdy erkannte die Lage als erster und sagte nur: It`s no problem. Meine Versicherung kommt für den Schaden auf.

Dimitri fielen sämtliche Ostereier vom Herzen. Immerhin war gerade die gesamte Jahresproduktion seiner Eiermanufaktur den Brunnen runtergeeiert. Es sollte aber ein gutes Geschäft für ihn werden.

Nun ging es ans Aufräumen und auch an unsere Rückreise nach Hennweiler-Uk bzw. Truskavets. Unser Monat war bald rum und Boris hatte seine Tour nach Frankfurt vor sich.

Bevor wir dann unseren Abschiedsabend hatten, zeigte mir Egor noch die Gruft.

Neben der großen Halle, in der die Fürsten lagen, gab es eine kleine Nische, wo meine Familienmitglieder ihre Bleibe hatten. Eine (fast) eigene Gruft in der Ahnenlinie Weiß. Wow. Das hatte schon was. Es war ein Ort, wo man sich mit der Stille vollsaugen konnte.

Egor zeigte mir dann noch alle Stammbücher und Dokumente und ich konnte meine Informationen über meine Ukraine-Reise abschließen. Fast. Ein Weiß war nämlich ausgebüchst. 1898 war ein gewisser Wilhelm Weiß nach Ungarn ausgewandert. Eine heiße Paprikaschote namens Anna-Maria war zu Besuch bei Bekannten von Egors Vorfahren und, wo die Liebe hinfällt, weg war er bei den Ungar-Deutschen.

Schicksalshafter Weise (?) kommt die Familie meiner Frau Anne (die Beste aller) auch aus Ungarn und ihre Familie wurden als Ungar-Deutsche im 2. Weltkrieg vertrieben...........ob sich da was Neues anbahnt?

Ich seh mich schon am Balaton Gulaschsuppe essen. Mal sehen.

Nun ging es an den Abschied. Headdy und

Ben Johnson blieben naturalmente hier und suchten mit Egor weiter den Schatz.
Headdy hob sein Glas beim Abschiedsessen und lud uns alle fürs nächste Jahr zur Sonnenwende auf sein Schloss ein. Alle sollten dabei sein, auch Hans-Herrmann. Der zischte jetzt aufgeregt durch den Kamin und freute sich anscheinend auf seine Artgenossen in Dorset.

Am nächsten Morgen verabschiedeten wir uns dann, auch Nina ließ schweren Herzens ihren Dimitri zurück, um aber gleich danach im Truck D`Artagnan anzurufen. Der war zu einer „Einkaufstour für Trucks" in den Westen gefahren und sie wollten sich nach einer Woche in Berlin treffen. Auf der Rückfahrt mussten wir in Chernivtsi vor einem Zebrastreifen anhalten, den ein betagter Karpatenopa mit seinem Hybrid-Rollator überqueren wollte. Das war schon eine skurrile Erscheinung.
Der Opa saß auf einem Elektrorollstuhl der Superklasse (der Tesla unter den Rollis), hatte eine Motorradledermütze auf und die Brille von Karl Lagerfeld, nur der Zopf

fehlte. An der schwarzen Außenverkleidung hatte sich der Airbrusher wohl etwas versprüht.

Stand da doch Hölley Davidson. Oder war das gewollt? Oder war der Opa auf dem Weg dorthin? Egal, wir mussten warten, denn das Ding hatte eine Fehlfunktion und stotterte ganz langsam über den Zebrastreifen. Dadurch hatten wir nun die Zeit, um mitanzusehen, wie ausgerechnet der entflohene Häftling mit dem Goldzahn auf einem Roller zwei Beamten mit einem Motorradgespann in einem benachbarten Kreisel zu entfliehen versuchte. Zur allgemeinen Belustigung winkte der Verfolgte grinsend den Beamten zu und forderte sie auf, sich doch zu beeilen, was die umher laufenden Passanten zum Lachen brachte. Das ging so vier, fünf Runden, und auch uns winkte er frohgelaunt zu, bevor wir weiterfuhren. Was aus ihm geworden ist, weiß ich leider nicht.

----- 11,5 -----

In Truskavets angekommen, wurden wir gleich herzlichst von Mamutschka und ihrer Tochter empfangen. Zum Abendessen gabs ….. genau - Bortsch und Wodka. Irgendwie wird mir das bestimmt zu Hause fehlen. Nun stand ja noch der Besuch bei Jurji an, der schon auf uns wartete.

Einen Tag vor unserem Eintreffen hatte uns Bärenherz kontaktiert und uns mitgeteilt, dass ein Mitarbeiter namens Helmuth Schmitt vor Ort sei und versuche, ein Geläut zu organisieren. Wir trafen Helmuth Schmitt vor dem Rathaus und er sah nicht nur wie unser Altbundeskanzler aus , er rauchte auch noch unentwegt. Lustigerweise kam er aus Leipzig und sprach ein fürchterliches Sächsisch. Helmuth war aber sehr sympathisch und er sagte uns, dass Bärenherz alle Register gezogen habe. Schon am nächsten Tag um 12 Uhr solle das Geläut der 4 Stadtkirchen und der Kapelle auf dem Berg stattfinden. Was für ein

WAAAHHSINN........
Wir hatten nicht im Traum daran gedacht, dass es klappen könnte, nun war es Wirklichkeit geworden. Alle Beteiligten hatten Stillschweigen gehalten, sollte es doch eine Überraschung für Jurji werden. Am nächsten Tag, kurz vor zwölf, schleppten Boris, Helmuth Schmitt, der Bürgermeister und ich Jurji mit ner Trage auf den Rathausturm. Boris sagte, er habe eine Überraschung und die könne er sich nur vom Turm aus ansehen. So ahnte Jurji nichts, als er aus der Luke vom Rathausturm runter blickte. Es fielen ihm nur die vielen Leute auf dem Rathausplatz auf, die ja sonst nicht so zahlreich um die Uhrzeit anzutreffen waren. Sie hatten durch die hiesige Buschtrommel natürlich mitbekommen, was passieren sollte und waren extra gekommen, um auch am Geläut teilzunehmen. Es war nun fünf Minuten vor zwölf. Es schienen tausend Sonnen vom Himmel und es wurde still. Die Leute hörten auf zu reden und sogar die Vögel schienen etwas mitbekommen zu haben. Es war kein Piepser zu vernehmen.
Was wir nun auch nicht wussten, dass

Helmuth Schmitt auch die Nachbargemeinden miteinbeziehen konnte und so begann das Geläut von der Ferne aus mit den Kirchen der ersten von fünf Nachbargemeinden.

Es war nun Punkt zwölf. Der Erste Glockenschlag erklang und Jurji stand mit seinem kahlen Schädel auf dem Rathausturm in der Sonne und bekam den Mund nicht mehr zu. Als sich dann die Kirchen aller Konfessionen der Nachbargemeinden anschlossen, begannen auch die Glocken von Truskavets zu läuten. Die Bergkapelle läutete ihrerseits die Uhrzeit mit 12 sehr hellen Schlägen und es war ein Überschwall an Klängen. Wir bekamen alle Gänsehaut.

Jurji stand wie versteinert da und seine Augen leuchteten, wie man es nur bei Kindern findet. Er strahlte übers ganze Gesicht. Wir aber hatten alle Tränen in den Augen und ich hatte einen Kloß im Hals und konnte nichts mehr sagen.

Alle Glocken schlugen jetzt nur für ihn, für ihn, den kleinen Jurji......

Das Konzert schien nicht enden zu wollen und unten vom Rathausplatz her schauten die

Leute hoch und klatschten Beifall.
Der galt Jurji, der dieses einmalige Ereignis überhaupt möglich gemacht hatte und der nun bald von ihnen gehen sollte.
Nachdem wir uns alle gefangen hatten, trugen wir Jurji wieder nach unten, wo ein kleines Fest gefeiert wurde und so wurde es der glücklichste Tag in seinem Leben.
Dank Bärenherz und Helmuth Schmitt, der sich genüsslich eine Zigarette anzündete und auf sächsisch: Nü, war des abber schee. von sich gab.
Nun stand ich mitten im festlichen Trubel und dachte an das Lied „der Pütze Hein" von der Kölner Band Black Föss. Da geht der Text: Un alle Glocke däde lügge für de kleine Pütze Hein, uff de Strass un in de Jasse wird jesunge un gelaach und keen Mensch war mer deheim. Ich sang das Lied mehrmals vor mich hin und fühlte mich so richtig gut.
Am nächsten Tag verabschiedeten wir uns von Jurji und stiegen in unseren Laster.
Boris legte in seiner neuen Stereoanlage eine Led Zeppelin CD ein und wir fuhren bei schönstem Sonnenschein und guter Musik

nach Berlin. Irgendwie dachte ich nun intensiv über meinen Ahnentrip nach und was ich dabei erreicht hatte. Dabei fiel mir der Spruch von meinem Freund Stefan ein: Wir ziehen Resümee - irgendwie wars trotzdem scheee...

Immerhin hatte ich meine Ahnenforschung ausgeweitet und einen noch lebenden echten Weiß samt Familie getroffen und ins Herz geschlossen. Außerdem habe ich schier aus dem Nichts einen Zwillingsbruder aus Dorset bekommen, kann einen echten weißischen Geist zu meiner Ahnenlinie zählen und auch, dass ein direkter Vorfahre nach Ungarn „weitergereist" war. Und natürlich die vielen Bekanntschaften, die ich sonst nie gemacht hätte, von Ben Johnson über Nina und Boris bis hin zu den Fetzers mit D`Artagnan und all den anderen, nicht zuletzt auch mit Jurji. Was natürlich auch schön war, dass ich mit all den Leuten tolle Abenteuer erleben durfte und wer weiß, was da noch alles auf mich wartet. Mal sehen. Nun fuhren wir alle frohgelaunt durch den wilden Westen der Ukraine und dachten an das Erlebte irgendwie wehmütig zurück.

Endlich, nach langer Fahrt, in Berlin angekommen, hielt Boris mit seinem Truck vor dem Haus, in dem mein Sohn Daniel mit seiner WG wohnte. Boris, Nina, Daniel und ich hauten uns noch einen Marienburger mit Pommes rein, übrigens der beste Hamburgerladen im Prenzlauer Berg, und verabschiedeten uns. Boris fuhr nach Frankfurt weiter und wir alle freuten uns auf ein Wiedersehen.

Genauso freute mich, wiedermal in der WG bei meinem Sohn und meinen Enkeln Leas und Iphis (meiner kleinen Iffimaus und meinem Leasschlingel) zu sein. Nina gefiel es in der WG und freundete sich mit den Mitbewohnern an. Besonders mit meinem Sohn Daniel.

Nina hatte sich mal wieder unsterblich verliebt. Ausgerechnet in meinen Sohn. Ich machte ein Paar Fotos von den beiden und schickte sie auf das Handy von Boris. Dieser war „not amused" von der neuerlichen Liebe, wünschte aber Daniel und Nina viel Glück. Er selber hatte im Moment nichts zum Lachen, da Mamutschka gerade von ihrer

Freundin den Draisinenclip von Boris und Alisa zu sehen bekam.
Dieses arme Schwein.......

Nachwort

So, liebe Leser, bevor ich jetzt wieder nach Frankfurt zu meiner Anne (der Besten aller) fahre und höchstwahrscheinlich noch viele Ahnenreisen erlebe, möchte ich mich bei Euch für Euer Interesse bedanken und hoffe, meine Aufzeichnungen haben Euch etwas Freude bereitet. Vieles von dem, was Ihr gelesen habt, ist wahr, manches nicht.

Ob es eine Fortsetzung gibt, hängt von Euch ab. Mailt mir einfach auf:
whitehouse21@gmx.net

Vielleicht lesen wir uns wieder.

Dieter Weiß

Ganz besonders herzlich möchte ich mich bei meinen Freunden Elisabeth, Elsa und Kurt sowie bei meiner Frau Anne für ihre Unterstützung bedanken.

Ach ja bevor ich es vergesse,

gerade eben hat Headdy angerufen und mir mitgeteilt, dass Egor und Ben Johnson ganz unten im Brunnenschacht einen Tunnel gefunden haben, der zum Fluss führt. Na, mal sehen was wird........